灼华诗丛

李壮 著

李壮坐在桥塔上

陕西新华出版

太白文艺出版社·西安

图书在版编目（CIP）数据

李壮坐在桥塔上 / 李壮著. -- 西安：太白文艺出
版社，2022.3（2023.6重印）
（灼华诗丛）
ISBN 978-7-5513-2107-5

Ⅰ.①李… Ⅱ.①李… Ⅲ.①诗集－中国－当代
Ⅳ.①I227

中国版本图书馆CIP数据核字(2022)第037489号

李壮坐在桥塔上
LI ZHUANG ZUOZAI QIAOTA SHANG

作　　者	李　壮
责任编辑	赵甲思
封面设计	郑江迪
版式设计	建明文化
出版发行	太白文艺出版社
经　　销	新华书店
印　　刷	三河市同力彩印有限公司
开　　本	889mm×1194mm　1/32
字　　数	96千字
印　　张	7
版　　次	2022年3月第1版
印　　次	2023年6月第2次印刷
书　　号	ISBN 978-7-5513-2107-5
定　　价	45.00元

诗人给了世界新的开始

——"灼华诗丛"八位诗人读记

◎霍俊明

由"灼华"一词，人们可能首先想到的是《诗经》中的那首诗，想到四季轮回的初始和人生美妙的时光。太白文艺出版社"灼华诗丛"的编选目的和标准都很明确，即入选的诗人大抵处于精力旺盛的阶段且写作已经显现个人风格或局部特征。平心而论，我更为看重的是当代诗人的精神肖像，"持续地／毫无保留地写／塑造并完成／我在这个世界中的独立形象"（马泽平：《我为什么要选择写诗》）。对于马泽平、杨碧薇、麦豆、熊曼、康雪、林珊、李壮和高璨这八位诗人而言，他们的话语方式甚至生活态度都有着极其明显的差异，但总是那些具有"精神肖像"和"精神重力"的话语方式更能让我会心。正如谢默斯·希尼所直陈的那样："我写诗／是为了看清自己，使黑暗发出回声。"（《个人的诗泉》）由此生发出来的诗歌就具有了精神剖析和自我指示的功能，这再一次显现了诗人对自我肖像以及时间渊薮的剖析、审视能力。自觉的写作者总会一次次回到这个最初的问题——为何写作？我一直相信，真正的写作会带动或打开更多的可能性，而诗人给了世界新的开始。这样的诗歌发声方式更类似于精神和生命意义上的"托付"，恰如谢默斯·希尼所说的，使"普通事物的味道变得新鲜"。

几年前读露易丝·格丽克的诗的时候，给我印象最深的一句是"总是太多，然后又太少"。诗人面对当下境遇和终极问题说话，并不是说得越多越好，相比而言说话的方式和效力更为重要。由此，真正被诗神选中和眷顾的永远都不可能是多数。

马泽平的诗让我们看到了频繁转换的生活空间和行走景观，当然还有他的脐带式的记忆根据地"上湾"。在米歇尔·福柯看来，20世纪是一个空间的时代，而随着空间转向以及"地方性知识"的逐渐弱化，在世界性的命题面前人们不得不将目光越来越多地投注到"环境""地域"和"空间"之上……

我这样理解关于一个地名的隐秘史
它有苍茫的一面：春分之后的黄沙总会漫过南坡
坟地
也有悲悯的一面：
接纳富贵，也不拒绝贫穷，它使乌鸦和喜鹊
同时在一棵白杨的最高处栖身

这几句出自马泽平的《上湾笔记》。"上湾"作为精神空间和现实空间的融合体，再一次使诗歌回到了空间状态。这里既有日常景观、城市景观、自然景观以及地方景观，又有一个观察者特有的取景框和观看方式。诗歌空间中的马泽平大抵是宽容和悲悯的，是不急不缓而又暗藏时间利器的。他总是在人世和时间的河流中留下那些已然磨亮的芒刺。它们并不针对这个外部的世界，而是指向精神渊薮和语言处境。就马泽平的语调和词语容量来说，我又看到了一个人的阅读史，他也时时怀着与诗人和哲学家"对话"和"致敬"的冲动。这再次印证了诗歌是需要真正意义上的命运伙伴和灵魂知己的，"一个人和另一个人／有了同样的生辰"（《一个和另一个》）。

杨碧薇出生于滇东北昭通，但是因为城市生活经验的缘故，她的诗反倒与一般意义上的"昭通诗群"和"云南诗人"有所区别，也与很多云南诗人的山地经验和乡村视角区别开来。这一区别的产生与其经验、性格、异想方式乃至诗歌和艺术趣味都密切关联。杨碧薇是一个在现实生活版图中流动性比较强的人，这种流动性也对应于她不同空间的写作。从云南到广西，到海南，再到北京，这种液体式的流动和开放状态对于诗歌写作而言是有益的。"一枚琥珀在我们的行李箱里闪亮，宛若初生。"（《立春》）与此相应，杨碧薇的每一首诗都注明了极其明确的写作地点和时间，是日记、行迹和本事的结合体。读杨碧薇的诗，最深的体会是，她好像是一个一直在生活和诗歌中行走而难以停顿的人，是时刻准备"去火星旅行"的人。杨碧薇的诗有谣曲、说唱和轻摇滚的属性，大胆、果断、逆行，也有难得的自省能力。无论是在价值判断上还是在诗歌技术层面，她都能够做到"亦庄亦谐"。"诗与真"要求诗歌具备可信度，即诗歌必然是从骨缝中挤压出来的。这种"真"不只是关乎真诚和真知，还必然涵括一个诗人的贪嗔痴等世俗杂念。质言之，诗人应该捍卫的是诗歌的"提问方式"，即诗歌应该能够容留"不纯""不雅"与"不洁"，从而具备异质包容力和精神反刍力。与此同时，对那些在诗歌中具有精神洁癖的人，我一直持怀疑的态度，因为可读性绝对离不开可信性。杨碧薇敢于撕裂世相，也敢于自剖内视，而后者则更为不易。这是不彻底的诗和不纯粹的诗，平心而论，我更喜欢杨碧薇诗歌中的那份"不洁"和"杂质"，喜欢这种颗粒般的阻塞感和生命质感，因为它们并未经过刻意的打磨、修饰和上蜡的过程。

麦豆是80后诗人中我较早阅读的一位，那时他还在陕西商洛教书。麦豆诗歌的形制自觉感越来越突出，这也是一个诗人逐渐成熟的标志之一。麦豆的诗中闪着一个个碎片的亚光，这些碎片通过瞬间、物象、人物、经验，甚至超验的形式得以产生不同的精神质素。这是一个个恍惚而真切的时间碎片、生命样本、现实切片以及存在内核。与命运和时间、世相命题融合在一起的碎片更能够牵引我的视线，这是跨越了表象栅栏之后的空地，也表示世界以问题的形式重新开始。在追问、叩访、回溯和冥想中那些逝去之物和不可见之物重新找到了它们的影像或替身，它们再次通过词语的形式来到现场。比如："去河边散步 / 运气好时 / 会碰上一位像父亲的清洁工 / 划着船 / 在河面上捕捞垃圾 / 而不是鱼虾 // 运气再好些 / 会遇见一只疾飞的翠鸟 / 记忆中 / 至少已有十年 / 没有见到身披蓝绿羽毛的翠鸟 / 仿佛一个熟悉的词 / 在字典里 / 突然被看见 // 但近来运气每况愈下 / 平静的河面上 / 除去风 / 什么也没有 / 早晨的雾气消散得很快 / 父亲与翠鸟 / 被时光 / 永远拦在了一条河流的上游。"（《河流上游》）这些诗看起来是轻逸的，但是又具有小小的精神重力。"轻逸"风格的形成既来自一个诗人的世界观，又来自语言的重力、摩擦力、推进力所构成的话语策略，二者构成了米歇尔·福柯层面的"词与物"有效共振，以及卡尔维诺的"轻逸"和"重力"型的彼此校正。"世世代代的文学中可以说都存在着两种相互对立的倾向：一种倾向要把语言变成一种没有重量的东西，像云彩一样飘浮于各种东西之上，或者说像细微的尘埃，像磁场中向外辐射的磁力线；另一种倾向则要赋予语言以重量和厚度，使之与各种事物、物体或感觉一样具体。"（卡尔维诺：《美国讲稿》）它们是一个个细小的切口，是日常的所见、所闻、所感，是一个个与己有关又触类旁通的碎片，是日常情境和精神写实的互访与秘响。这些诗的沉思质地却一次次被擦亮。

认识熊曼转眼也好多年了。那时她还在武汉一个公园里的独栋小楼里当编辑，参加活动与人见面交流的时候几乎没有超过两句话。记得有一年我去扬州参加活动，熊曼在吃午饭的时候到了饭店，拉着一个不大不小的行李箱。我饭后下楼的时候，总觉得一个女孩子提着行李箱会让男人有些不自在，于是我帮她提着行李箱下楼，然后又一路拉回酒店。那时扬州正值春天，但那时的扬州已经不是唐宋时期的扬州。过度消耗的春天仍有杀伐之心，诗人必须有强大的心理准备，当然还必须具备当量足够的词语场，也许对于每一个诗人来说夜晚都是形而上的。"每天清晨我都要打开窗户"，对于熊曼而言这既是日常的时刻，又是认知自我和精神辨认的时刻。诗人总是需要一个位置来看待日常中的我与精神世界的复杂而多变的关系。围绕着我们的可见之物更多的是感受和常识的部分，而不可见之物则继续承担了诗歌中的疑问和终极命题，"但我知道世界不仅仅 / 由看得见的事物构成 / 还有那看不见的 / 因此每天清晨我都要打开窗户 / 让那看不见的事物进来 / 环绕着我 // 仿佛这样才能安心 / 仿佛我是在等待着什么"（《无题》）。它们需要诗人的视线随之抬升或下降，也得以在此过程中认知个体存在的永远的局限和障碍，比如焦虑、孤独、恐惧、生死，"雨像一道栅栏 / 禁锢了我们向外部世界迈出的双足"（《初夏》）。在熊曼的诗中我们也常常遇到精神自我与日常家庭生活和社会景观叠加的各种镜像在一个人身上重组的过程，这是另一种社会教育，是不可避免的重复谈论的话题。任何一个写作者都会在诗中设置实有或虚拟的"深谈"对象，这是补偿甚至是救赎。情感、经验甚至超验体现在诗歌中实际上并无高下之别，关键在于它们传达的方式以及可能性，在于它们是否能够再次撬动或触发我们精神世界中的那些开关按钮。

康雪更为关注的是习焉不察的日常细节和场景所携带的特殊的精神信息。这些精神信息与其个体的感受、想象是时时生长在一起的。这是剪除了表象枝蔓之后的一种自然、原生、精简而又直取核心的话语方式。康雪的诗让我想到了"如其所是"和"如是我闻"。"如其所是"印证了"事物都完全建立在自己的形状上"（谢默斯·希尼），是目击的物体系及其本来面目，其更多诉诸视觉观瞻、襟怀，以及因人而异、因时而别的取景框。"如是我闻"则强化的是主体性的精神自审和现象学还原，是对话、辨认或自我盘诘之中的精神生活和知性载力。"最后一次在云南泸沽湖边的 / 小村子 / 看到一株向日葵，开出了 / 七八朵花 / 每一朵都有不同的表情 // 这是一种让我望尘莫及的能力 / 我从来没法，让一个孤零零的肉体 / 看起来很热闹。"（《特异功能》）确实，康雪的写作更接近"捕露者"的动作和内在动因。"在刚过去的清晨，我跪在地上 / 渴望再一次通过露珠 / 与另外的世界 / 取得联系 / 我想倾听到什么？"（《捕露者》）如露如电，如梦幻泡影。如此易逝的、脆弱的、短暂的时刻，只有在精敏而易感的诗人那里才能重新找回记忆的相框，而这一相框又以外物凝视和自我剖析的方式展现出来。康雪的诗中一直闪着斑驳的光影，有的事物在难得的光照中，更多的事物则在阴影里。这既是近乎残酷的时间法则，又是同样残酷的世相本身。"太阳对于穷人多么重要 / 在屋顶，我们能得到的更多 // 并不会有很多这样的日子 / 可以什么都不做 / 一直坐在光照耀的地方—— // 有三只羊在吃灌木上的叶子 / 我的女儿趴在栏杆边看得入迷 / 她后脑勺上的头发闪着光。"（《晴天在屋顶避难的人》）

林珊的诗歌不乏情感的自白和心理剖析的冲动，这代表了个体的不甘或白日梦般的愿景。而我更为看重的是那些更带有不可知的命运感和略带虚无的诗作，它们如同命运的芒刺或闪电本身的旁敲侧击，犹如永远不可能探问清楚而又令人恐慌和惊颤的精神渊薮。"父亲，空山寂寂，我是唯一 / 在黄昏的雨中 / 走向深山的人 / 为了遇见更多的雨，我走进更多的 / 漫无尽头的雨中 / 沿途的风声漫过来 / 啾啾的鸟鸣落下来 / 现在，拾级而上的天空，倾斜，浮动 / 枯黄的松针颤抖，翻转，坠入草丛 / 雾霭茫茫啊 / 万千雨水在易逝的寂静中破裂，聚集。"（《家书：雨中重访梅子山》）"父亲"代表的并不单是家族谱系的命运牵连，而是精神对话所需要的命运伙伴，就如林珊《最好的秋天》中反复现身的"鲁米先生"一样，他一次次让对方产生似真似幻而又无法破解的谜题，诚如无边无际的迷茫雨阵和寒冷中微微颤抖的事物。"雨"和"父亲"交织在一起让我想到的必然是当年博尔赫斯创作的《雨》，二者体现出互文的质素。"突然间黄昏变得明亮／因为此刻正有细雨在落下／或曾经落下／下雨无疑是在过去发生的一件事／／谁听见雨落下／谁就回想起那个时候幸福的命运／向他呈现了一朵叫作玫瑰的花／和它奇妙的鲜红的色彩／／这蒙住了窗玻璃的细雨／必将在被遗弃的郊外／在某个不复存在的庭院里洗亮／／架上的黑葡萄潮湿的暮色／带给我一个声音我渴望的声音／我的父亲回来了他没有死去。"这是迷津的一次次重临，诗歌再一次以疑问的方式面对时间和整个世界幽深的纹理和沟壑。猝然降临又倏忽永逝是时间的法则，也是命运的真相，而最终只能由诗人和词语一起来担当渐渐压下来的负荷。

我和李壮曾经是同事，日常相熟，他的评论和即兴发言都让人刮目相看，他一直在写诗我也是心知肚明。李壮还爱踢足球，但是因为我没有亲历，所以对他的球技倒是更为好奇。诗歌从来都不是"绝对真理"，而是类似于语言和精神的"结石"，它们于日常情境中撕开了一个时间的裂口，里面瞬息迸发出来的记忆和感受粒子硌疼了我们。在词语世界，我看到了一个严肃的李壮，纠结的李壮，无厘头的、戏谑的李壮，以及失眠、略带疲倦和偶尔分裂的李壮。"这个叫李壮的人／全裸着站在镜子里／我好像从来不曾认识过他。"（《这个叫李壮的人》）每一个人都是一个星球，也是一座孤岛。李壮的诗歌视界带来的是一个又一个或大或小、或具体或虚化的线头、空间和场所，它们印证了一个人的空间经验是如此碎片化而又转瞬即逝。这个时代的人们及其经验越来越相似而趋于同质化，诗歌则成为维护自我、差异的最后领地或飞地，这也是匆促、游荡、茫然的现代性面孔的心理舒缓和补偿机制。尤其当这一空间视野被放置在迷乱而莫名的社会景观当中的时候，诗人更容易被庞然大物所形成的幻觉遮蔽视线，这正需要诗人去拨开现实的雾障。速度史取代了以往固态的记忆史，而现实空间也正变得越来越魔幻和不可思议。在加速度运行的整体时间面前，诗人必须时刻留意身后以及周边的事物，如此他的精神视野才不致被加速度法强行割裂。凝视的时刻被彻底打破了，登高望远的传统已终止，代之而起的是一个个无比碎裂而又怪诞的时刻。《李壮坐在混凝土桥塔顶上》通过一个特殊的观察位置为我们揭开了一个无比戏剧化的城市密闭空间和怪异的具有巨大稀释效果的现代性景观。"古人沉淀于江底的声音在极短一瞬／被车流松开了离合／一只猫的梦里闪过马赛克花屏／／也必然是在这样的时刻，李壮／会坐到未完工的混凝土桥塔顶上／坐到断绝的水上和无梯的空中／／会朝我笑着打出一个响指／隔着39楼酒店房间的全密闭玻璃／我仍确信我听到了。"如果诗人对自我以及外物丧失了凝视的耐心，那么一切都将是模糊的、匆促的碎片和马赛克，一个诗人的精神襟怀和能见度也就根本无从谈及。所以，诗人的辨识能力和存疑精神尤为关键，这也就是里尔克所说的"球形经验"。"羞耻得像雪，就只应该降临在夜里／第二天当我推开门／已不能分辨其中任何一片被称作雪的事物／我

只能分辨这人世被盖住的 / 和盖不住的部分。因此雪也是没有的。"（《没有雪》）

高璨的诗，这是我第一次集中阅读。她的诗中一直有"梦幻"的成分，比如"月亮""星星""星空""梦"反复出现于她的诗中。但是更引起我注意的是那些通过物象和场景能够将精神视线予以抬升或下沉的部分，比如《河流的尽头》《静物》这样的诗。它们印证了诗人的凝视能力和微观视野，类似于"须弥纳于芥子"般的坛城或戴维·乔治·哈斯凯尔的"看不见的森林"，这也验证了"词与物"的生成和有效的前提。器物性和时间以及命运如此复杂地绕结在一起。器物即历史，细节即象征，物象即过程。这让我想到的是 1935 年海德格尔在《艺术作品的本源》中对凡·高笔下农鞋的现象学还原。这是存在意识之下时间和记忆对物的凝视，这是精神能动的时刻，是生命和终极之物在器具上的呈现、还原和复活。"从鞋具磨损的内部那黑洞洞的敞口中，凝聚着劳动步履的艰辛。这硬邦邦、沉甸甸的破旧农鞋里，聚积着那寒风陡峭中迈动在一望无际的永远单调的田垄上的步履的坚韧和滞缓。鞋皮上沾着湿润而肥沃的泥土。暮色降临，这双鞋在田野小径上踽踽而行。在这鞋具里，回响着大地无声的召唤，显示着大地对成熟谷物的宁静馈赠，表征着大地在冬闲的荒芜田野里朦胧的冬眠。这器具浸透着对面包的稳靠性的无怨无艾的焦虑，以及那战胜了贫困的无言的喜悦，隐含着分娩阵痛时的哆嗦、死亡逼近时的战栗。这器具属于大地，它在农妇的世界里得到保存。正是由于这种保存的归属关系，器具本身才得以出现而得以自持。"当诗歌指向了终极之物和象征场景的时候，人与世界的关系就带有了时间性和象征性，"物"已不再是日常的物象，而是心象和终极问题的对应，具有了超时间的本质。"在今天，飞机和电话固然是与我们最切近的物了，但当我们意指终极之物时，我们却在想完全不同的东西。终极之物，那是死亡和审判。总的说来，物这个词语在这里是任何全然不是虚无的东西。根据这个意义，艺术作品也是一种物，只要它是某种存在者的话。"（海德格尔：《艺术作品的本源》）

粗略地说了说我对这八位诗人粗疏的阅读印象，实际上我们对诗歌往往怀有苛刻而又宽容的矛盾态度。任何人所看到的世界都是有限的，而对不可见之物以及视而不见的类似于"房间中的大象"的庞然大物予以精神透视，这体现的正是诗人的精神能见度和求真意志。

在行文即将结束的时候，我想到其中一位诗人所说的：

你决定停止
早就是这样：你看清的越来越多
写下的，越来越少

2021 年 5 月于北京

目录

第一辑　微痒的部分

第二辑　在地铁 5 号线上看日出

第三辑 格拉纳达的橙子

第一辑

微痒的部分

没有雪

雪下下来了
一切都被雪盖住了

一切都没有了
就连没有
也没有了

我看见她犹豫着
直到路人都走远
才蹲下来
把手指伸向那块完整的雪

所以她都写了什么
这已至中年的女子
是什么让她又害羞起来
像一个少女

要把话写在雪上

写在没有上，写在覆盖

与融化的上面

为何要让这想必是终于真诚了的话

以没有的方式有过

要说出来，又不要被听见

要风和更多的雪无声地取消它。是爱情吗

或者那只是一句简单的真话

例如我很累，例如

我很欢喜。真话总是羞耻的

羞耻得像雪，就只应该降临在夜里

第二天当我推开门

已不能分辨其中任何一片被称作雪的事物

我只能分辨这人世被盖住的

和盖不住的部分。因此雪也是没有的

雪注定不会存在过。这正如同写在雪上的字

如同我正在度过的一生

那么无辜又那么安宁

温柔得让我心碎，温柔得

让我忍不住在雪上又写起了什么

弃事诗

不抽了。我眼见那些风中的烟灰

往我身上一阵阵飘洒成大雪

但并不是所有羞惭都能被白色盖住，既然

现在已是化雪的时节，就让肺里的春刀和柳叶

再重新长起来吧

不喝了。那些 53 度的粮食石油

我总在身体里烧它们

从肠胃的酒缸直烧到灵魂的汽缸

但车子依旧跑不动

甚至我做不成瓦特早已做过的事情

例如把一个壶盖清脆地顶开

不唱了。唱也是多少年唱滥的歌

新歌不想学，新歌里早已经

不再有我的故事。不踢了，不再去担心

踝骨、髌骨、半月板或交叉韧带

我早该意识到自己不是鞋钉而是草皮

这肉体的点球点和禁区弧顶

终究会被岁月踩秃的

甚至都可以不爱了

因为爱……它早已经不是一个词而成了一种习惯

那一发一发剧痛的子弹我已奉命打光

如今硫黄和铁都各自返回矿里

它们重新成为大地的一部分，多么沉默

但又多么坚实

李壮坐在混凝土桥塔顶上

当层叠的玻璃巨厦向江面涌起
我从窗户看见李壮
他正在混凝土桥塔的最顶端坐着

在施工的半途，这座高耸如奇迹的桥塔
胯夹一截未完成的桥体
孤零零戳立在江水的最中央

在钢索拉起之前，在从两岸接出的
另一些更庸常的桥面与它合龙以前
这几乎是世界上最孤独的事物
它看起来已不再等待什么

因此，当李壮坐到这尊混凝土桥塔顶上
他们只能是在一起等待
某些并不存在的东西。如果这时

一道闪电劈中李壮

他将把电流直接导进长江的心脏

而我对此丝毫不会觉得奇怪

毕竟在这座奇幻的山城

每天都有桥面在午夜水平旋转

那是当红灯即将转绿的时刻

古人沉淀于江底的声音在极短一瞬

被车流松开了离合

一只猫的梦里闪过马赛克花屏

也必然是在这样的时刻，李壮

会坐到未完工的混凝土桥塔顶上

坐到断绝的水上和无梯的空中

会朝我笑着打出一个响指

隔着 39 楼酒店房间的全密闭玻璃

我仍确信我听到了

当守门员面对点球时我们的内心戏

果断。果断。冷静的果断

向左扑或向右扑，这看似是一个问题

但事实上重要的并不是方向

而是展现出毅然的舒展

你需要说服自己，维纳斯遗失的手臂就分别

埋藏在左右立柱下方

选中某一侧的地面扎下去吧！请掰开女神的手指

请取出人类的钥匙

请让所有人确信

你一直是确信的

你应当在地上翻滚。是的，这是一种

与地心引力作斗争的方式

毕竟中奖概率与自然铁则

不该在同一瞬间征服人两次

请你在能做些什么的时候尽可能做些什么

不要像我们，这些电视机前的观看者

紧握着啤酒罐和空心的爱

像弓一样拉满身体，却没有资格

亲自射中皮球

或许你还应该想想可怜的电视机

它呈现给我们一切，却丝毫不理解一切的意义

而比赛就要结束了，漫长的黑色沉默在等待它

纵使它并没有做错过什么

想想太阳，它即将在你欢呼或哭泣的同时

喷薄着不容辩驳的无知

在另一个半球若无其事地升起

想想阳光下那些你永不会认得的人

在熬夜的激情退去后

他们将如常被一些人与事伤害。爱与宽容

在他们心中每天死去一点点，每天

被捏碎成饼干大小的一块，这并不比

前锋捅射时触球的面积更大

想想我几小时后告别兄弟走在回家的路上

过早的街道上只有环卫工人走动

风在我失水的脸上编织睁眼的梦境

而你在更衣室里回想你选择

向球门一侧飞出的瞬间，肉体的下坠仿佛

经历了十几个世纪，那记射门

从亚历山大的方阵里飞出

带着弧线旋入成吉思汗营帐，砸倒了毛瑟枪

与火焰喷射器。哗啦一响

那是地铁车门关闭的声音

困意沿着喉咙反酸，胀及双眼

至颅顶完成闭合。我所咬牙承受着的一切

我一再压抑自己不能号叫出声音的一切

在你挥拳奔向队友的夸张哑剧中被释放出来

甚至那些旗子和烟花也远了

钢轨哐哐的节奏里，红黄牌与比分

悄悄还原成无因果的动作：

那些漂亮的卸球，那些大步甩开的腿

轻盈起跳的肉和骨头仿佛就是灵魂本身

多么美好的一天："想到故我今我

同为一个并不使人难为情。在我身上

没有痛苦。"这是短促的、致幻剂般的和解

在我与世界之间，在皮球朝你飞来的路上

在我下午一点四十分从自家的单人床上

挣扎着醒来之前

采耳的下午

一

并非第一次被对准
但这次比较特殊

我拂衣坐下
手机镜头及单反被牵引而至

没有桌签。没有职务简介
没有精确的笑容管理。没有统一鼓掌

人民公园的茶座上，他们围向我、拍摄我
但他们不知道我

没有成果，也没有代表作
只有一只代表性的耳朵
提在采耳师傅代表性的手里

灼华诗丛／李壮坐在桥塔上

二

光照进光照不进的地方

从我隐秘的深处
他们取出的，是我从未示人的一些

每颗凝固的油脂都有小小的纹理
看起来多么像矿石

在这座日渐麻木的旧矿里
它们是至今微痒的部分

三

三十元的盖碗茶
三十条微信语音待听

老板说四川黄芽养胃

我知道鸽子炖汤也养胃

但我猜鸽子一定不知道

它正如此贴近地跳行在我脚边

认真鉴别耳垢

和掉落的瓜子

四

师傅们敲响铁签

敲响对耳膜的暗示

柔软的暗示

波浪形的暗示

波浪形的敲击声包含均匀的中断

像日子里偶尔凹下去的部分

可以什么都不听
什么都不想。巴适

我管那叫我

我抠下一角皮肤
扔在花盆里
春天，粉色开了，他们管那叫花
我管那叫我

我剪下一段指甲
甩在马路边
黑色的、肿脑袋的家伙们抬起来运走
他们管那叫蚂蚁，我管那叫我

我拉开一截裤链
努力想打湿更多的高粱
我失败了，但转年有那么多的液体又被
重新蒸馏回来。他们管那叫汽油
叫刀子，叫53度的上头玩意儿
我管那叫我

我扯断一根白发
听见体内的银矿在轰隆作响

银子，生命的银子……他们都管银子叫

一般等价物。蠢货们

谁还能用这银两换时间？我当然不

我管那叫我

我写完一篇文字

尽量稳重地洗净威士忌酒杯。醒来之后

发现他们在读。那是什么

不是笔墨，不是生计，可能也算不上什么灵魂

那只是我，我想成为却只做成了一部分

的我。仅仅是我

我搓洗自己，用火焰、白花环和眼泪

到那一天，我要被推出一部分，被呼出一部分

他们管推出的部分叫怀念

管呼出的部分叫雾霾

我手握的烟囱话筒笑了

那都是我。我照旧管那叫我

养蚂蚁

不可以没有土
不论是用来蛰居还是用来埋葬

不可以没有水
不论是用来啜饮还是用来洗涤

一窝蚂蚁，住在塑料玻璃的器皿中
它们不知道自己是一种宠物

也不知道有另一双眼睛看着它们
像在模仿更大的神看他自己

但不可以的依然是不可以
我只好给它们一点点土

那是安放在矿泉水瓶盖里的
隐喻的大地

再给它们一点点水

那是灌注在针管和水箱间的

象征的泉。然后蚂蚁开始反复穿行

像骚动的所指在诗行间

急切地移动，把糖粒和谷物搬进去

把蜷缩的尸体扔出来

这样漂移的文本在缝隙间留下了太多

亟待阐释的结构，例如

这些从出生起就只生活在

试管和塑料盒子里的生命

从没有触碰过真实的世界。那么

它们的存在应当如何定义

是否只类似于小说里的人物

比虚构仅仅多要求了一点

真实的喂养。当然

这或许并不重要，重要之处在于

即便有那么多的不知道

它们也依然有

更多的不可以

即便已身处虚构的边缘

它们仍要模仿基因里的祖先

把粪便与食物准确区分开来

这卑微者的倔强让我联想起

真草地上的木马

盐场上的企鹅

一切闹剧般的场面里

那些暗自庄重的瞬间

这样想来，甚至连我是我

都变成了一件可以忍受的事情

虚构

我失眠，我在凌晨三点半的时候

虚构出一列火车

车轮从一截钢轨碾上另一截的声音

像股骨在青春期里拔节

然后它短暂停靠，我走下站台

从长颈鹿的小杂货铺里

买一个茶叶蛋。天色深黑，那时我十六岁

我水平着虚构一条线，再从这条线上

垂直拉升起更多的线

我指挥那些线排列成楼宇的密林

让星群落进窗口，再投影出网状的故事

当争吵声渐渐大了，我就送星群

回到天上。不安平息

世界翻个身，关灯睡去

我虚构一张圆桌，摆上酒杯、酒

和一面很大的镜子。然后我坐到

镜子前就开始喝。先是龙舌兰

我用指尖撮起粗盐

撒在对饮者的锁骨上

伸舌舔掉，喝光酒。再是伏特加

敲着桌子唱《三套车》

三段三杯，三套车和三匹马

我便都敬过了。这时我从床上起身去撒尿

我所奇怪的是，虽然只是虚构

自己排出的液体竟确乎

带着浓浓的酒气

然后我躺回去，把分酒壶里剩下的

半壶茅台端起来。窗外打雷了

我爱过和恨过的人

在大雨里啪嗒啪嗒地走

此刻我回头扫视桌边众人

（他们是何时到来的？）

发现心里没有爱也没有恨

我这才想起自己是空心的

于是一饮而尽，如此简单，就好像把酒

再倒回原本的瓶子里

然后就可以醉倒。然后就昏睡过去

除夕下午的海鸥

这些贼头贼脑的胖子

在两个世界的边界上蹭来蹭去

一大片，白花花的

它们索要食物，它们欢欣鼓舞

这没出息的鸟儿……它们吞咽时的喜悦

和安宁，稀释了某种可能存在的

关乎交错的恐慌

阳光下，海鸥柔软的滑翔构成一种喜剧

我有些犹豫该以液体

还是气体的词谱来解读那飞行

在低垂掠耳时显得多么宽阔

当它们被一块小小的面包屑吸引

又会虚张声势地呼啦啦扑地

并从吞咽的动态中分出一个媚眼撩我

被海浪的五线谱绊住时，它们就像

发育不良的大头音符，总是有些狼狈地

被弹出曲谱的页面，却似乎从不会为此焦虑

如同一种纯粹的幻觉，海鸥循环地飞翔

并不在海面上投下可辨的倒影

但它们又是多么真实，一大片，白花花的肉体

在两个世界的边界上

满心欢喜地游荡不止

本纪

你刚出生

眼泪就在贬值啦

你刚打滚

床单就有边界啦

你刚吃饭

没吃过的就少一样啦

你刚说话

歧义就永远跟住你啦

你刚学习

答案就限制你啦

你刚相信

真理就欺骗你啦

你刚脱离爸妈审批

账单就寄到眼前啦

你刚品出年轻挺好

就有小孩儿喊你爹啦

刚买定足够宽敞的大卧室
你就发现自己失眠啦
刚往主席台上微笑坐下
你就明白再不能溜出去抽烟啦

你羡慕遛鸟的退休大爷
没一晃儿，鸟笼子就放门口啦
你发觉小孙女笑得真好
也想笑，发现嘴里早没有牙啦

你最终懂得了一点爱
当你除夕上午擦拭妻子
遗像的时候
你最终懂得了一点死

在那将明将暗

再不能够说出的时刻

顺便也懂得了一点生

反光

一

屋顶长草。人走尽了
但屋子还在生长
它们过生日，它们
朝自己撒糖霜

就是这样……再也不会完工的楼架里
穿黑袍的夜风
在混凝土的空胸膛里唱个不停

我喜欢听

二

一只刺猬吃雪糕。一只乌鸦
爱上绝对的白色，它摊开地图
搜寻喜马拉雅

下大雨，下大雨
历史上所有的蜗牛
沿着闪电往上爬

三

我觉得这很好。我总是喜欢
理正衣襟，闭好双眼
俯身从鞋带里抽出长叉
太阳穴上长出角

我喜欢我里面
这些燃烧的小恶魔
喜欢它们投胎到反光的北极
披冰戴雪，死出一副天使模样

给妻子的十四行诗

你的习惯正在我身上显现
例如对麻椒味道渐渐上瘾
同阳光亲热，朝雨天甩脸
病中先含一口水再吞药片

也能从你那里看到些改变
耳朵眼儿对挖耳勺的渴望
正如其他更加隐秘的嗜好
已传你，沿着我无形的线

像镜里镜外都伸出手指
彼此互换的磁极两端
依旧相互吸引

而一枚硬币因磁场旋转
正反两面的花与徽记
本是同一枚

亚热带的幻觉

我的深渊横在我的里面

上面盖着蓝色的海

我记起昨晚星空广阔，月光下来回拉网的渔船

曾在夜的水面上闪着探照灯

死去多年的虾群围拢而来

海纳百川，它教会我如何

把唾沫横飞的脏话变成赞美

变成安慰的语言

但五月的叶子瞅着我一直在笑

烈日之下，铁玫瑰的花瓣

烧自己

人，生来不是要被打败的

鲸鱼骨的沉重，仍次于背负者的肉体

当我闭上眼睛，海水便也分开

只是后无追兵、前无应许之地

深藏的礁石开始蒸发，耗时甚久

也许三百万年，也许三秒

多么温顺，多么顽固。就像有些人
一直在做一条硬汉
以最娘炮的方式
又如一切说出的真理都将
变为谬误，正确的灵魂理应承受这荒诞
或许倒有些可爱：因为荒诞
不是因为正确

只有海知晓这些。在这亚热带的正午
海的蓝衬衫始终系着扣子
面带微笑，衣冠楚楚，礼数周全
操我的心

稳定

从空中看去
大海横张在一道弯曲的表面
它为什么没有摇晃出去
它为什么没有炸开

我不想求助于牛顿
我更想把自己泡进其中
为什么我不曾摇晃出去
为什么我没有炸开

当我来到海边
我看到水里有太阳
一只六脚小虫在水底行走
清晰，没有影子

阳光并没有摇晃出去
生命在承受重压，但没有炸开
这微妙的临界是安宁，只有船

才隐喻着命运的应有形态。它躺在岸边

作为一条条被肢解的黑色木头

明亮。轻易。在平整的沙子上

在国外旅行的友人询问是否需要代购

请购食欲以赠我

或非洲饥民的饥饿感

我已厌倦了牛排

请购阳光以赠我

或西伯利亚少女在极夜的梦

我已厌倦了南方

请购爱情以赠我

或暑假前的第一次青涩吻别

我已厌倦了熟练

请购希望以赠我

或坚固黑暗中那一抹虚幻的光

我忘了该寻找什么

请购惊奇以赠我

最好像多年前那样喷涌奔泻

它曾被过分廉价地冲下马桶

请购饥渴以赠我
在这个丰饶的时代
我已无法感知到应许的幸福

过桥

骑车上桥的是父亲

那年他的头发还很多

桥下水草泛绿，偶有鱼儿打尾

地里开满油菜花

肌肉健硕的男人在河里游

骑车下桥的是我

眉眼相似，只浅了一些，像被时光漂过

塑料饭盒堆满河床，筷子搀扶鱼骨

工地上，楼的脸尚待长成

几十只眼睛空着，整齐、安宁

望着岸边。望着草又长起来

何时才能醉成这个样子

全力殴打自己的影子
把烟抽完，然后将烟蒂
嚼下去

开口说："多年以前……"
刚说完四个字
忽然就哭了起来

立秋

以长方形的楼顶为坐标

鱼鳞云

遭受着自身的挤压

在游动中缩小

这仿佛是一场进化：

一条鱼，它的鳞片渐渐混沌

最终会生出双腿

从天空湛蓝的腹内

抓出一支长矛

秘密，或故地重游

有那么多秘密我不曾说出
例如，天空的确是蓝色的，云彩会动
例如，今日的天空比昨日更蓝
云彩的鳞片想游回大海

例如，我仍能听见那些
多年前已飘落的树叶
它们在风中欢乐地抖动
叶下藏着果子，果子很甜

你知道吗？就在刚才
我撞见一只猫蹲在墙角沉思
它的背影像一位患感冒的诗人

相同方向的小径，相同年纪的女孩子翩翩走过
她们用白色校服的拉链扣
紧锁着黄昏的谜底
啊，十八岁，我需要一把会飞的钥匙

而最切近的秘密藏在自己体内

此刻，有两个我站在公交站牌下

一个幽深，一个清浅

一个抽烟，一个喝可乐

隔着时间的河，他们相互提防着对方：

一个怀才不遇，干净得一无所用

另一个得偿所愿，在心底堆满了羞耻

宝剑吟

外面的黑暗

比口袋里的黑暗浅一些

心中的危险

比墓穴里的危险深一些

我听见夜在低声喘息

而光的预感在骚动

我和我在对峙

五指不能见。五指只能

将打火机紧攥在掌心

静默中，能听见火石悄悄嗅着

像宝剑

于鞘中压抑着鸣响

失眠

深夜

多么完美的培养基

把灯全部关上

我的肉体

终于同意发光

人间的声音秋毫毕现

清晰，缓慢

像糖浆滴在水中

而时间的霉味弥散

它潜伏在我的肺部

悄悄散布着菌丝

我在我的森林中久久醒着

它多么辽阔。使我大吃一惊

夜行

我行在黑夜的水面上

梦用巨大的蛛网将我打包
死亡的分解和弦是永恒的抽搐
编码机将我反复寄走

蜷曲成上弦月的弧度
被吃下的所有黑暗在我腹内发光
肉体的弓将自己拉满射出，我

贴地疾飞，擦破时间的果皮
如行在黑夜水面的反面

太初

穿过都市巨兽的钢玻璃鳞甲

我疲累，但心中喜悦：

我小小的妻子在等我

每一天，那些狂躁的数字都在涌动

我漂浮在人面的海流上

玫瑰色日光在表盘上写我的盼望：

我小小的妻子在等我

不要说时间之长已近乎虚幻

不要说人时之短只够画一张草稿

我早已了悟凡人所有的限度

但不要紧，我有小小的妻子在等我

然后我睁开眼

在每一个最寻常的早晨

阳光斜落在脸上，你依然睡着

呼吸平静、安宁

我想，在世界刚刚诞生的那天

一切就该是这个样子

遗忘

一小片烟灰在夏末的空气中上升
它是白色的，微小到
我把视焦短暂移走
便会跟丢它

但也很少有什么比它更沉重
它像我渴望却丢失的一切
像旧照片上风干的日期
用遗忘的真空
在记忆的星系里留下黑洞

它将在初秋的天气里
骑上我的肩头
我总是不堪重负，我知道
我会发出马嘶声

这个叫李壮的人

这个叫李壮的人

全裸着站在镜子里

我好像从来不曾认识过他

适量的酒精

就能在他胸前勾勒红斑

那斑纹像老虎

也像地图

一个隐藏着的世界

浮出他肉体的水面

一个隐藏着的世界

一颗不为人知的星球

我踩着自行车丈量它的疆土

小心躲避着交警

爆发力

完美的爆发力
完美的肉体

灵魂里溢出了焦煳味
保险丝危险地发烫
它强撑着满城灯火

再开一瓶酒
再从这夜晚扯出
一道闪电。八分满，七分熟

究竟等待些什么？明明歌已唱完
人却还站在那里
这危险的沉默就如同

我瞳孔深处的犬齿
积蓄着爆发力

黑暗

夜，纯粹的黑暗

我渴望进入你，虽然我身着白衣

必将被一再吐还

午夜之子

午夜的街道弥漫着一种
智齿般的疼痛
路灯的光咬进去
掉队的影子被拔出

当城市被还原为野猫低语
塑料饭盒的白屑
忽然飘满了哀伤的温柔
颤抖的碎响：这体力透支的老机床
谁恰好带着扳手，请替夜晚
上紧螺丝

此刻，真正将午夜记住的
他们正浑身淋透。你看不到

所有曾建造起路灯的人
是那样深爱着光亮
但更深的渴望在等它熄灭

等待清早，托举着记忆中的名字

终于浮出水来

1522 年

1522 年，当西班牙的海岸线

从地平线尽头遥遥升起

麦哲伦的水手们终于开始欢呼

喝酒、打架、动场刀子，靠了岸

先亲一亲警察那张老脸

争分夺秒感谢上帝，明天从赌桌上下来

又有多少咒骂要寄送给他

或者去污水巷找一个姑娘

利用两场交火间短暂的和平，讲讲菲律宾"生番"

远方的好故事，是卑贱者们

唯一的止疼片

再请理发师刮刮梦里的苔藓

多一点肥皂沫，柔软的现代文明

我们都已在海风中坚硬了太久

只有一个人发出叹息

坐在角落，他忽然意识到

自己已走完了世界的反面

死去的母亲

并不在那里

外婆

你们永远都不会知道

哪些仍有遗留

哪些已永远消失

当记忆因衰老的折磨而操起刀片

如此粗暴地刮削着自己

铁屑与漆皮纷飞

如大雪弥漫于老年

在耳边呼唤她的名字

她睁开眼，但那空洞的眼神告诉我

最后一扇门，也已经永远关闭

现在，谁都不能走进她的安全

无从了解水面下

这最后一根缆绳——仅存的难释之物

究竟是什么

白发之下，那颗日渐干缩的核桃里

外婆坐着，面带微笑

手里紧攥着最初和最后的爱

譬如贫困童年里终未吃到的那枚鸡蛋

如今的她安静而幸福

终于得偿所愿

只剩果壳外的远处还偶有声音传来

呼唤着一个似曾相识的名字

浮现

就像阳光抬升水面

手指沾湿冰

它终于开始浮现

有力

简单

就像大海终将退却

沉船那不再求救的桅杆

也露出了尖顶

重温呼吸的刺痛感。这木头

仍紧抱着水手刻下的名字

和牡蛎的壳

一个人活在世上

我认识一枚螺钉

终生都在寻找螺母

接口处的铁锈已开始溃烂

这使它频受风寒

夜里，一双牛皮手套

偶尔会想念牛

当手套只剩下左边一只

又该有多么无助：

它甚至无法合十

求上帝把右手套送回来

春天的诗

最终

那在我手腕皮肤上饲养鳄鱼的时间

将教会我绝望于女孩的美

而不想着占有

教会我在电钻亲吻墙壁的颤动中

沉入午睡

当春天来时，如何让它像陈年烟碱一样

隐隐燎着我的内部

又不急于说出

只信步走着，想想这午后的光阴

以及类似无关痛痒的事物

偶尔伸脚去踩踩泥土

看到这为油菜花所预订好的墓园

仿佛就看到多年以后

雨水像胡须修改我的脸

而新鲜的野草正从我眼窝里长出

敏捷如春天的闪电

把生命的钥匙

轻轻扭向反面

转夏入秋这几天

转夏入秋这几天

天空开始浮现鳞片

这样的日子里我不忍心吃鱼

当然，科学的教鞭会提醒我们

鱼鳞云总与降温携手而来

空气中流淌水的冰凉

转夏入秋这几天，我总是忘记准备长袖

却总不忘去看看那些

已在未来死去的叶子

世界的顶棚变得很高

北京的九月没有大雁，我也从不想家

面对这时节的天空，如果躺下

很容易叩响些更辽远的疑问，例如

我们怎么就来到了这里

一夜之间就起了风。人间的一切

呈现为不同的弧度

转夏入秋这几天

我的脉搏不动声色地变慢

用不着细细计数，我心里知道

它每分钟被偷走了

特定的一拍

冬天的柿子树

只有一棵柿子树在后园里

在楼宇的包围中

总是无人采摘

采摘它们的是越来越冷的天气

果实的坠落

永远只发生在夜里

每一天失去几颗

每一天枝头

又向下弯曲一点

那弧度像是在怀念秋天

这缓慢的失去就如同一种幸福

此刻，有灰喜鹊落在枝上

打理自己的羽毛

如同一首诗来到结尾

叹息，同时微笑

如同故园的大门再度关闭

流光吹散

什么东西正被微微压弯

告别

——毕业赠 G、J 和 C

如此短暂。阳光

已经从我的桌上转过眼去

现在，墙外边他人的水

在我的天花板上游动起来

我想一切就会这么过去

饮水、兑水、复饮之……让日子随尿寡淡

像一只松鼠的棕影消失在常绿的针叶林

直到球体转回到自己的反面

直到厨房里烧水壶的巨响

从我背后的黑暗中轰然站起

刘昆的初恋

多年未联系的刘局长却突然发来短信

"我真想要个人陪我"

我便知他必已醉倒

大约趁了夫人倒水的空隙

发完便呼呼大睡，醒了忘掉

毕竟更多年前我们曾回去母校，那天

谁都闭口不提刘昆暗恋过的女孩

仅代之以拍照，再各自发到网上

让照片比我们散得更早

只是回城路上，手握

方向盘的刘昆忽然开口

说这辈子再没机会挤 321 路车了

我们当时齐住了嘴，等他说起那事

他却只是把车停下，点上一支烟

在那高高的红灯下面

高中同学毛艳丽

我莫名其妙地想起高中时
一位女同学，叫毛艳丽
她的相貌的确令人
难以恭维
却始终怀抱一颗欢乐的心
她喜欢把自己跟别人配成
奇形怪状的对儿
在课间或晚自习上，演一些夸张的爱情戏
并用能让人一眼看穿的方式
假装入戏

有一阵，毛艳丽宣布看上了我
她管这叫"壮丽组合"
过了一学期，改喜欢周胜
她管这叫"胜利组合"
还有一次，她好像迷上了董各杭
毛艳丽说现在是"你懂个毛"组合

我们每次都开怀大笑

在扭曲压抑的高中生活里

笑总是难得

直到多年之后我才明白

她只是在搬不动石头

又绕不开的时候，索性坐下来

把自己跟石头一起开成玩笑

因为她选的是周胜

一个比留级生还闷的体育生

选的是董各杭，一个秃顶、口吃

喜欢把"余光"说成"旁光"的

中年生物老师

选的是我……这些家伙都跟她一样

是那个十八岁的世界中

不会被人爱上的人

冬天的定义

冬天是我被压扁了的头发

是压扁了头发的帽子

是开水

刺啦一声

白烟一朵

冬天是一个橘子

那个偷走了秋天的果子

涨满了和秋天一样的颜色

现在

委身于我黑暗的大衣口袋

女孩子把橘子送给我

口罩和围巾

遮住了面容

冬天是猫

是猫逃走后留下的空白

是蜗牛，独自死去，壳子粘在窗子上

把膏腴的死亡

密封得真好

冬天是玻璃

是冻得发脆的白酒瓶

当它碎掉

浓香的 43 度醉在地上挣扎不起

死死揪住火辣呛喉的化学分子式

凝结成冰

冬天是鼻子，是耳朵，是脚趾

是一切冻伤的可能性

当我扔掉手套

将手浸在风里

我的手被攥紧

我感到疼痛

那是整个世界的疼痛

像童年，像儿时母亲的吻

那样痛楚却欲罢不能

碾入我的骨骼里面

在香山卧佛寺参加诗歌研讨会

一只蜜蜂降落在我头顶

我接下这自然的手谕
单膝跪地
奉旨开花

第二辑

在地铁 5 号线上看日出

晚高峰

透过移动的公交车窗

电话亭正撑起伞走远

而抛锚在路口的出租汽车

眼中流淌双闪灯的泪水

用以混淆黄叶

正是如何纷飞

熟悉的时刻降临。这座城市

开始生长出怪异图形

天将黑不黑，街景也荒诞纷然

十万分对快的饥渴

小火细炖，熬成一锅共同的缓慢

售票员的扩音器时断时续

消磨着日夜重播的怨愤

把疲惫割成三角

而我们闭目养神，极力避开

儿童的尖叫，在臆想的空间内

也要压制住神经质般的大笑

正襟危坐，用力去计算着

能，还是不能。能

不能。或者上紧自己的发条

正此时，借助杀出路口时的伟大惯性

在心中准确地报出一串数字

如古董钟腹内之僵鸟

我们在地铁 5 号线上看日出

它抬升

这严冬中赤裸的钢管

从后脑勺拥挤的裂缝中，我看见它

把横截面的盲眼

转向我

灿烂向我铺开

它在那些脸上依次贴好寻人启事——

找吧！找吧！你们

在这古老的仪式中

我们向南开、向南开……如同候鸟

却不是

为了温暖

前面就到惠新西街南口

列车开始沉入地下……

在一种黑暗中我们重获安宁

"别挤啦！"有人喊

一天开始了

午夜，在酒吧独自喝酒

一杯啤酒越喝越少

也越喝越快

像我如今的日子一样

在提笔写诗和脱鞋抠脚之间

我曾以为有那么宽的鸿沟

可现在二者之间

只隔着十二段楼梯的距离

看起来也并没有想象中远

就在此刻，没有客人的调酒师

坐在吧台后面抽烟

雪克壶和冰块彼此注视

像两样原本无关的东西

生来便能和平相处

而我竭力维持着客人的身份

不去看驻唱歌手空出的位置

不试图去唱歌，就像

不试图去思考那些早已注定的事情

身后的镜子里坐有影子

他看起来熟悉，但面容不清

如果他骂出一句脏话，我不会

太过吃惊。而如果他依旧彬彬有礼

提醒我不要忘带手机

我则会更安心地悲哀下去

也许我真正期待的，是在脏话的前缀里

听到我自己的名字

我知道那不是侮辱

而只是一种伤心的爱

是从计算器的统治中漏网出来的

颇具危险的一种。这种爱让我确信

我依然活着

但这种爱也像活着一样

在我的世界里变得越来越稀有

日常荒诞

一

四壁拆去了三壁
原本的餐馆后墙上
留有"活鱼"二字

我忽然站定
开始在瓦砾堆里找鱼

二

花盆里的泥土没有变干
火腿肠没有被流浪狗吃掉

事实上，绿过的盆植早已干枯
遗嘱是："经过辩证思考，我决定不再饮水。"

而一条死狗终于成了火腿肠
不合格的兄弟

三

最近，我的影子频繁罢工
它总是支起胳膊抱怨
说盲道硌坏了它的背

四

此刻立夏，此刻杨絮纷飞
我恍见那些坚硬的木头
自己被自己胀开

空气中弥漫着情欲的味道

五

公共楼梯里
被丢弃的沙发

不再以沙发之名被接受的沙发

依然保留好那块凹陷

等待着对应的重量

六

新买一包软中华

撕开塑封

撕开锡箔

撕开纸包

一只很小很小的甲虫

爬了出来

叼着一截更小的

烟屁股

明月照积雪

一个火车头
在笔直的铁轨上吼叫着

没有乘客，没有司机，甚至
铁轨其实也没有

一个火车头，到天明即将报废
此刻它在轰隆隆地冲刺
此刻它在无边的雪野上吼叫着

向着月亮
破着音

洗车

我坐在透明的豹子体内
看液体的大风从高压水枪里
吹乱豹子的斑纹

那乳白色的泡沫斑纹
柔软、干净而易逝

洗车房的黑铁皮屋顶
看起来多像深夜的苍穹
而我是豹子所吞下的不能消化的异物
我坐在豹子里面

就像沉默坐在我的里面
就像挫败感坐在我的里面，而挫败感
总算能让我稍稍放松

能让我深吸一口气
看豹子的斑纹怎样荡漾着消失

想象着腐烂将如何消除豹子的肌肉紧张

想象着铁锈将如何抹去一部车子的价码

想象一身斑纹最终是如何被吹掉的

猫科动物的玻璃裸体

手举雨刷

在高速路上狂奔时该发出怎样的叫声

凌晨三点十分，北京十五楼

没有任何活物移动

除了街上那只巨大的飞蛾

泰坦的烟头，黑夜的洞……

它朝着高耸的路灯

把自己反复撞成纯金

没有任何活物交谈

除了一声撞击对话一群尖叫——

电视机里球进了，发生在

另一个半球

没有任何活物窥伺

除了病毒在空气里飘浮如在水里

它们窥伺呼吸、梦和免疫力的缝隙

在无人时自扫健康码

每夜细读防疫通知

没有任何活着的思想白白燃烧

没有任何活着的情绪徒劳撕裂自己

没有失却的剧本值得悔恨

现在，它们甚至都不值得忘记

因为凌晨是纯粹的

静止的，像这个春天发生过的巨大的暂停

在虚构与真实之间

绷着薄薄的口罩

七夕节的便利店清单

意大利红烩味薯片

第二件 2.2 元

桂花口味可乐

第二瓶 1.5 元

宝奴咪便便橡皮糖

第二坨 0.99 元

田园时蔬盒装寿司

无折扣

烧汁烤和牛便当

无折扣

1664 精酿白啤

第二件半价

法国拉菲庄园红酒

第二件半价

水蜜桃伏特加预调酒

第二件半价

二锅头无折扣

红塔山无折扣

夜店携女士者门票七折

电影院情侣套餐观影九折

眼线笔睫毛膏组合八折

杰士邦六折

足球鞋、护腿板无折扣

云南白药喷雾及运动止血绷带

无折扣

24 小时比萨狂欢节免外送费

110 分贝《欢·爱》公放免扰民费

小区广场心形蜡烛表白免摊位费

异地情侣视频通话免流量费

月销售任务缺口

焦虑费权重乘 1.5 倍

论文进度卡壳

脑死机扣费乘 2.3 倍

深夜总算下班，但前方经过爱情事故多发路段

拥堵车费加乘系数，以网约车平台

重大节庆调价政策为准

多巴胺库存充足

激素库存充足

十八岁库存充足，不管不顾库存充足

当然也非常抱歉地通知

后悔药今晚缺货

未选择的路今晚缺货

十年前的通讯录今晚缺货

午后

窗外又是这样一个

近乎虚构的午后：

工地上，挖掘机司机们

排坐在马路牙子上吃盒饭

挖掘机垂探着黄色的脖子吃草

这些难得安静的长颈鹿

害羞般静默不动

草继续吃着阳光

一旁，被掘开的土层显得多么湿润

这是草短暂一生里的最后几小时了

它们知道还是不知道

它们有所谓还是无所谓

关上窗子，我把皮皮虾的壳

重新摆回完整的形状

它们在这一瞬间变得通透

像一段偶然浮起的遥远回忆

肉眼看不见的地方

虾体被掏空了的部分正轻盈地游

弓身、弹出，在某种更清澈的水里

它们嘲笑着我的真实，一遍遍地

它们嘲笑着我的手

趴着午睡

梦关上大门，让我
在疼痛中缓缓苏醒

膝盖在痛
我因自身而富含压迫，那是
封闭在膝盖骨内的重力在痛

好吧，把膝盖挖掉。然而
现在又变成了凹陷的地基里
空空的存在在痛

确定吗？那就
再听你一次，抟起
五钱草泥，三分大雾，二两
儿时回忆。填满伤口
像填满青春期那场无果爱情的结尾
像填满路灯下啤酒罐
动荡的胃和心

现在是满满的空虚在痛

手机闹铃撞击着身体。下面
再醒来一分

午雨

在我和街钟黑色的表盘之间

雨，获得瞬间的显现

我往后退着，轻盈

如呼出的二氧化碳

开始想象死亡般的远景

这座城，正被雨云做的章鱼捕获

而我呢？将被打灭，如一根香烟

还是像酒瓶空空

交由天空兑满

洗

有许多事物被五月洗亮

在暴雨里

它们在洁净中等一声巨响，等着

进入六月

像一片雨水挤走上一片雨水

一个月总要替换另一个

我的语言已跟不上风速

句子出口一半就被吹走

大风用有力的虚无替我说完

木质的街椅被扯离基座。作为

某一时刻的结果

它躺在街心，像刚才奔逃的人群

冗长的回声

雨声稍歇。现在，再让我们拉开窗

灼华诗丛／李壮坐在桥塔上

重新命名一些事物

这是水。那是星辰

谁此时做成了亚当，就永远做他的亚当

而一颗烟头的余生被丢弃在雨中

哦，你明亮的孤独被黑夜围拢

一无所用如我

夜转

黑暗的旋涡

凝固在我双脚的刻度上

我静听脚步的回声落定，侧耳凝神

仿佛在废弃的圣殿中

回忆尘埃曾如何沉降

那盏路灯的明与灭在一个故障上

摇成了与夜风相同的节奏

最终，连车灯的分割线也无法取缔

生活这致命的重复

撕掉死皮

脚掌残酷的粉色袒露出

雷同的掌纹

同一张脸终于在镜中老去

那曾在暴雨中因爱流泪的面容

已被春天大口吃净

夜色流转。黎明前的鸟叫恐怖至极

闹铃响了

熟睡的同伴在梦裂上抽搐

死神欣欣然开始反刍

晨奶漠然煮开自己

正中靶心

饱含着热泪，我拉开自己
一箭射出

居然正中靶心
正中天通苑到鸟巢连线的中点
正中广场那急速旋转的圆
离心甩脱的切线

我听到他们高喊：十环！十环！
但车流绕过我继续拥堵
我头朝下扎在斑马线上
渐渐落满尘土

我等着夕阳给我挂上金牌
等着时代将我拔出
却害怕胡子会越长越长
最终变成根须，同马路长成一体

害怕有孩子跑来

朝我空空的箭壶里撒尿

传说中的大暴雨与北京擦肩而过

很久没有下大暴雨
很久空气里都没有过鱼

空气很久都没有潮湿
书页上的字
很久不曾漂浮起来

很久了，一直没有机会
能够用酒杯舀起思想
死去亲人们的脸
很久不曾从土里浮上来

很久不见太平洋，不见有嗜腐的贝类
敞开柔软，安抚我的脸
亦不见闪电划开我们
照亮脊柱后祖先的鳍

望京

望京 SOHO，楔形的下沉广场

有三个人站在海中

从栏杆下仰望船头

有老虎从腮上生拔胡须

血红的星群溢出地表

虎骨从自己的中空里渗出酒来

有烟，有火

有我见证他们燃烧

夕阳灿烂

空气中弥漫着烟蒂烟

而音乐喷泉在强行降温

他们被迫沉没，双手合十

掌心是挚爱之物

缺席的形状

傍晚 798

那么多阳光倾泻

浸透了黑铁

钢轨滚烫的阴影

永不交会的暗金条纹

都从我脚心烙入

注视那些女子久了

大地也开始痉挛

火车似要再度开动

我便知我依旧迷恋饥饿

注定以蝴蝶

有毒的翅膀为食

烟头

弃于路，弃于野，弃于马桶放水冲走……

终其一生，此人谋杀过多少支烟

数不清

因此，这看上去像一种因果

火焰尚未熄灭

残余的我已被扔出炉门

习惯性的礼貌：我试图伸出双手感谢

可是已经不能

当我终于把一生抽完

他们甚至没留一只皮鞋下来

方便我碾灭自己

这一切是无可奈何的：

乌鸦形的烟灰缸啊

你们就只有自行降落

来我里面挑拣烟头

在城市的中心

在城市的中心

雪与习惯厮打在一起

它们还未落地就完成融化

啊，这北方的泥泞

我们如蚯蚓拱动在地里

在城市的中心

我被人潮摁下又托举

就这样漂流在汽油的海上

我必须裹紧肉体

我不敢漏出一丝火花

深夜里的大笑声

像野猪的断牙里渗出了蜂蜜
是谁在街头疯狂地大笑

但注定有一些秘密是不可获知的
因为楼体正决定着午夜的陡峭
它使我反复听见时间
坠崖摔死的声音

在地铁换乘通道内停步思考

一个念头

一次暂停

一场小小的拥堵

一阵低声的咒骂

一股突然变稠的人流

温暖的血肿

包裹我

一头思考中的动物

一座城市的肾结石

何其坚硬，在轰鸣声中

北京霾夜

在灰烬之中
我的影子已沾满油污

我将影子一寸一寸卷起来
哦，欲念，只有欲念无法卷折
它用铁壳包裹出人形
包裹出空荡的回声

没有一只手能握得住
包括我自己的
风里的细小颗粒犹如滚珠
它们遍撒世间，万物疯狂加速
我需要踩一脚刹车

站到路灯下
光和灰烬的瀑布为我施洗
现在，我是一座巨大的废墟
肺叶沉重，脉搏清晰，真实而响亮
如石柱倾圮

一只有毒的甲虫在奢侈品店

它拼命翕动鲜红的下颚
恐吓塑料模特儿

皮革布料的气味充满焦虑
它沿着新款风衣的肩线和领口来回穿梭
像一颗找不到位置的红黑纽扣
或别出心裁的自动化设计

光不是光，肉体全是硬的
在这人造的世界
连毒牙也是待支付的装饰品
它无用的危险显得滑稽

最终，它大张开嘴
把毒液喷向每一寸可疑的空气
伴随着女人的尖叫和围巾形状的风
它被扫落在地，六条狂抖的细腿渐渐蹬直
在昏厥中短暂找回了安宁

灼华诗丛／李壮坐在桥塔上

半醉的鬼

火蛇开始在胃里翻腾

这戏仿的龙

要在我体内推演周易

我的视野回归古老的黑白

此刻，车窗外的灯火疾速退却

世界在加速

我需要一个半醉的鬼

以匹配伟大的夜

日渐成形的健全令我恐慌

它将安顿我，进而掠夺我

直至我一无所有

只有呕吐能赐我洁净

而失态竟是另一种体面

陌生的肩膀们碰撞，只有偶然令我安心

请让我从谬误中重拾真理

就像我只爱我身上不合时宜的部分

因为其他那些

别人已爱得太多

淋浴室里的香烟

水珠溅射

这些完不成结晶的雪

尝试清洗我

更多的印记从它的皮囊上浮现

它变成一匹豹子

它变成一棵花树

它变成一支烧焦的大军

整个过程里，香烟一直在燃烧

为什么不留心它们

过程，把事物神秘的一面暴露出来

如果侧耳细听，我就从自己身上

听到了生长与死亡

皮肤每一秒也在更新

难以辨识的皱纹

在我的灵与肉上偿还月供

而香烟依然在燃烧

这不完全的火、难言存灭的燃烧

这镜子内外的人

在花与花豹之间

调节着临界值

琴弦

阳光拨挑蛛丝

阳光拨挑蚁须

阳光拨挑地铁线和它

吐出的那些脸

阳光拨挑观光塔的钢铁叶脉

"轻拢慢捻抹复挑"

这是早上七点钟

初秋的北京是一张古琴

有许多事物正被撩响

斜

直到闭上一只眼睛望去

我才看见万物的斜

树木的高处斜着倒伏

雨水的末梢斜着落地

秀发用弧度斜出头颅

皮鞋斜出了脚

猫斜侧着飞奔

去追一只不存在的老鼠

一声招呼斜刺里杀出

自行车向左拐

楼房的高处有看不见的斜

你知道，地球原本是一个球体

此刻想着你，我意图说些什么

可话一出口

便立刻偏离了本意

也许有一天

我老得眼斜口歪

这世界便会被重新矫正回来

但更多的风险依然存在

例如两种倾斜叠加在一起

万物皆从眼前扳出直角

我与世界之间

将势必躺倒一个

烧烤店

从一把刀子

抵达一条扦子

这是钢铁第二次进入肉体

但不是肉体消失前

最后的一种形态

从一槽饲料

抵达一撮孜然

这是气味第二次篡改身份

但不是身份量化后

唯一的出售价码

从一堆篝火

抵达一张餐桌

这是文明第二次粉饰本能

当本能释放时

总瞪着相似的眼睛

我们却只管吃、吃、吃、吃……

因为父辈的饥饿在沉默中

早已过继给了我们

午夜地铁站

午夜的站台空空荡荡

消失了，地铁

这饥饿的蜈蚣

烧焦的老虎

此刻，一只烧焦的老虎站在红绿灯下

我拾起绳索

牵它走过街头

安全地震

我想他们要冲进来了
门板吱嘎吱嘎撞着门框
连床也摇了几摇

胖诗人蓝野多半会扯着我的
短裤把我拎起来嚷
睡什么睡，过来喝酒

我甚至已在思考应对办法：
嘿嘿傻笑，但最好不留话茬儿
或者假装拉肚子，我一直很在行表演

当然也可披上外衣索性跟去
台湾温暖的冬天，应当有酒的结晶
在胃里下一场小雪

但什么也没有发生
我听出院子里多了女人在走

她们低声议论着什么

黑暗里浮动有光

几分钟后手机弹出新闻

我才回味起此前的摇动

它竟然是舒适的

像在怀抱之中，或是轮椅里面

第三辑

格拉纳达的橙子

帕特农

在帕特农神庙

猫与鸽子和平相处

树苗从石头里长了出来

阳光与阴影的流转是非对抗性的

就如同搅动奶和咖啡

公鸡与钟表在此分享着同一种困惑

脚下，狄奥尼索斯剧场中央

青草依然在演戏

我看到埃斯库罗斯坐在观众席上鼓掌

看到歌队仍站在石头上

穿着皮夹克或呢子大衣

倒掉的柱子依然是柱子

它们用来支撑那些同样倒掉了的世界

但说出口的话已不再是同一句话

它们一直都在起卷，像科林斯式的柱头

也像野花无名的垂瓣

在帕特农，伟大的废墟让矛盾着的一切

都学会互相谅解

在帕特农，左手将要握住右手

一个人将要原谅

他被赋予的那个名字

在爱琴海上航行

划开暗绿表皮

螺旋桨剖出大海内部的蓝宝石

赌玉一样

剥水果一样

涡轮机与波塞冬语言不通

他们用各自的诗句

召唤各自的水

爱琴海咽下所有的刻写，并吐出岛

无名的岛。岸边长方形的基座上

只剩两根石柱相依为命

像日出与日落，黑陶罐与贝壳

像最后一对泰坦情侣钓海的杆子

帆影在风的皱纹下倒悬漂移

起风了。我看见白发飞起，白发飘落

海浪的白颅骨散成水沫回归来处

时间剖出爱琴海内部的蓝宝石

——只一瞬间。然后马上撤回

葡萄牙

细雨滋养青苔
屋顶撒满糖霜

山体裸露、硕大
大地生满蕨类的骷髅
它们遥望大海

再无遮挡,眼前只剩下巨大的弧
我站在世界巨大的船头:
海在前面。陆地往前开

古墙

薄暮，城墙开始现出

骨头的光泽

女墙起伏，像弓箭手匍匐的脊骨

它渴望站立起来

鸽子用巨大的尾翼攻打塔楼

但鲜花已爬满这古老的遗骸

葡萄牙，它失去的鲜血从土地里

以卷瓣的形态重新绽出

沿着熟悉的路径

重新攀回那些坍圮的垛孔

埃武拉

整片天空都在流动

鸟群疾飞，在无声下落的太阳中

找自己的语言

但并不为此感到焦虑

万物皆没有名字

石头来自土里

贝壳从海底抬升

人骨支撑着沉默的神

晴雨不定的白色小镇

是大西洋留下的一摊

小小盐渍

伊比利亚五月的下午

伊比利亚五月的下午
有一万柄刀剑在反射阳光

我们行驶在平坦的原野
很远的地方是山
变道线的白色以永远不变的
节奏间断，路边是橄榄树

干燥的风在雨刷器上颤出
吉他曲和卷舌音
橄榄树整齐、静止
护着自己缓慢移动的影子

在塞维利亚郊外午睡醒来

白光刺眼

雨刷器上流过

熔化的黄金

忍着痛苦远眺

是的，一头纯黑的野牛

站在山顶望我

格拉纳达的一天

格拉纳达，一座城从天空垂落
一座城从柏柏尔人拥入城门的欢呼声中
缓缓落下

清晨，壁虎投射出祖先的阴影
窄街无人
挤满了玫瑰的喧嚣

午后，橙子自己成熟、橙子滚落草坡
群鸟歌唱。格拉纳达，你是果实们
孤独的长椅

傍晚，血红色天空压向山顶
那是大海
在站立着燃烧

更晚时候，灯光四起
平缓的山坡上，落满了宇宙深处的星

它们本是如此遥远

除了在这样的夜
除了在这样的原野
我们谁都不曾看见

东非之一：猿头

不是我的。不是我的
我沿着博物馆的橱窗，用手指摸自己的颅顶
那些面包样品般的头颅毫无疑问
都不是我的。二者间有太多不同，例如

那前凸的颌骨不是我的
我的嘴扁平，不再为撕咬忧虑
（感谢刀叉勺筷的发明者）
也不再适宜接吻——这件事
不知从何时开始变得比撕咬更凶险

那高耸的鼻孔不是我的
用不了那么大的虚空，都已经
随时随地嗅到危险的气息
那宽阔的眼窝也不是我的
我的眼睛细长，像一道缝，这属于
遗传学的领域。当然也可以说

是为了防止不宜见光的讯息

从眼睛里不小心漏出去。可反过来讲，

你看我祖先们的脑腔明明已如此窄小

那些欲念和梦还是漏了个精光

我一滴都找不回来，没一个人了解塞满那里的

曾是肥硕的母野猪还是别的什么

（我们则该感谢文字的发明者）

然而当我将所有这些视作一体，那破碎

的确是我的。我再怎么狡辩也没有关系

破碎里注定的湮灭是我的。这命运所赐予的

笑脸嘻嘻的强大遗传

永远是我们的

东非之二：漂移

参近处看，这是我们的越野车

追逐着土路飞驰。转弯。加速。漫天尘土……

后排的颠簸使我的尿意

以快于日头的速率强势上升

不可见的车下有石子迸射如子弹

路边发呆的黄山羊被击中臀部

大口呕出绿色草泥

参远处看，那是高原山脉在强光里移动

群草略高于视线。群草略高于

我仿自祖先的颅顶。高原根部

酷暑扭曲了空气，那一股炽白抖升的热流

抬着沉重的虚空

像抬起老宅里的实木衣柜

群山缓慢后退出眼眶……大地漂浮

一块陆地离开了另一块。这是几亿年前

早已发生过的事情

而草原永远无际如海。马赛人的红色披风

挂在树上。猎手在哪里？狮子在哪里？

没有回答。风里的披风猎猎……

树木挥动手帕。这里是赤道

草原沿地球的腰围漂移

树木没有影子

东非之三：夜雨

蓝光。云层厚重的剪影
树冠倏忽一亮
再沉入黑色的沉默之中

隐秘的震颤有时延迟抵达，刚好
够一只瞪羚躲进树丛
——有时，则永远不来

一滴水落在窗台，此后便没有了下文
隔着河床传来远而分明的咕哝
那也许是鬣狗，又也许
是这片草原在对星群抒情

东非之四：三生万物

在肯尼亚我见到三种猪

一种在草原上跑着，拥有阔剑般的獠牙

身姿健美结实，尾巴直竖如同天线

一种在树荫下摆着，某种意义上

它正迁徙在成为石头的路上，仅剩的部分

呈现出令人安心的白：一种

再也不会因命数而动摇的颜色。还有一种

码放在煎锅里，在形状、气味和色泽中

经典性地颠覆了自身——知识让我辨识出它

而本能使我迷恋它

在肯尼亚我见到三种树

一种长在越野车边，狮子和羚羊间的追逐

在它星球般的巨影下冷却

安静地分享着兄弟般的渺小

一种长在地平线上，当落日浩瀚垂临

平坦的原野上只有这几朵蘑菇尚可辨认

催生它们的那场大雨出现在两百年前……

司机说，他祖父的祖父的祖父

在其中淋过。还有一种，每夜在马赛村落里

表演魔法：以拼图方式被拆分的树木

可以进一步拆分为火和烟

再被重新组装成光和暖

在肯尼亚我见到三种人

一种与邻居对视，他们用长矛、方向盘

和闪着黑曜石光泽的通信工具

将进化图谱上那些奔跑略慢的邻居

劈头扫入另册，然后再兴致勃勃地伏身热爱它们

一种与子孙对视，博物馆橱窗里的他们多么沉默

圆睁的眼窝下面甚至不再保留口舌

我很想问他们今天的一切究竟是

变得更好还是更坏了。至于第三种

以一种不可理喻的方式爱上了与自己对视

用符文的细密刀刃在自己的脏腑里

创痛酷烈地分行，正写着此刻这一首

以及三生万物般的更多

回国很久之后我想起马赛马拉

回国很久之后
我想起马赛马拉

当祖国是冬天的时候我在非洲晒黑了
知识并不能拯救我

我知道赤道没有四季
但这不能阻止我被晒黑

就像我了解火药的爆炸原理
但我依然不能调戏狮子

说到晒，此刻我依然记得爆皮的感觉
那时我摸起来就像是一棵老树

这让我觉得自己可以重新发芽
但终于不。我发现自己还是那个

有点可悲的家伙，即便是太阳也不能
给我增添一点别的东西

不能让我用红海
填补自己的大裂谷，也不能

用青草去瓦解
胸腔里坚硬的古高原

我为什么想起这些？也许应该问问月亮
今晚的乌云被它从侧后染上了

一层银色，这令我疲惫又有些莫名感伤
以至于想起马赛马拉

那是同样的夜晚，有暴雨
还有鬣狗喉咙里隐约的雷声

事实上那晚我并没有去想

用整片天空去给一棵老树浇水

会得出一个什么
毕竟这道题超出了加减乘除

以及函数微积分的所有算法
一切知识都没有告诉我

为什么太阳能让我皮肤开裂
却不能使我再度发芽
不能使我用上半身发射种子

一切知识也都没有告诉我
生而为人的宿命

究竟从我的算盘柱上
预先拆走了几颗珠子

搞得我至今都拨不透我自己

灰色的火

在气温骤降的山顶，在彝人的古老村落里
我第一次认识了火
我——这被平原和暖气
剥夺了温暖的可怜人

应当这样说：火并不美
那时，在锈迹斑斑的铁盆里，正胡乱躺着
木皮、枯枝、烟头，以及
不可估量厚度的树的骨灰

而火只是在灰烬之下喘息
像一个人盖着死亡的棉被咳嗽，这让我觉得
自己正在谁的追悼会上听一篇悼词
可宣读人还在等主角断气
我一直未看到火在那里。它甚至都没有
给自己挣出一个形体

但也正是这火：灰烬形态的火，在有机物

与无机物临界线上爬行寄身的

能量界的无产阶级

不知不觉将我笼罩。我本已近乎被冻僵

在这么冷的高处，连我夹克的拉链里

都铰满了冷雾

是这灰色的火裹住了我。多么不容违逆的

无形的手！它拉开我夹克的

拉链，拉开我裤子的拉链，还继续拉开

我肉体的拉链：从喉结，一直往下拉到小腹

先把雾倒出去，然后是冠冕堂皇的

鬼话般的羞耻，最后干脆把私人记忆的阴冷

也倒得一干二净

然后我也是灰色的了。类同于一种灰烬或混沌

我傻呵呵地乐起来，这很暖

而我最终认识了火

雪夜，独游断桥回之江宾馆

所谓存在，也不过是被车灯照亮而已
此刻，雪夜是两个椭圆，我所深陷其中的世界
以时间的悬浮形态呈现出来
灯掠落雪，垂落与平移同时完成
这使我微微有些眩晕

整个晚上，我一个人在桥上走动
每当接近湖心，便掉头返回，如此循环往复
雪的浪漫并没有抵消我的恶趣味：
我吐口水在白色地面上敲出圆窝
偷听恋人们说情话。同垃圾桶合影
把烟头敬到雪人的嘴上。种种快乐如此这般

直到有车收留我。出租车司机
在电话里提醒女孩换上羽绒服再出去看雪
他在追她，直觉告诉我他追不到
因为他真的喜欢并且对她太好
这样想着想着那些堆满了

白雪的亭檐已经被甩在身后

一并甩远的还包括：咖啡勺、子弹杯

春梦里的白素贞或汤盅里的白素贞

我记起湖水倒没有白头，尽管

它远比岸边其他任何事物都老

但貌似连雪本身都忽略了这一点

而我很快将出现在酒店的窗前

看下方皑皑屋顶和雪盆里伫立的行道树

想象自己这一头黑发会以文思泉涌般的速度

在某天夜里全部掉光

抑或在未来的某一天，竟忽然想起

是夜曾错身而过的某一张脸

抑或更久之后的另一天

我终于再记不得这个雪夜

那一天多半也下着雪

碎瓷，或上林湖的冰

上林湖面有冰
那么完整的一块，青色的
微风给它的体表开片
树影在它的釉里投下纹理
像某种巧夺天工的残次品

我将手伸进湖水。仿佛听到
咔的一声，湖面的冰碎到了湖底
青色的，那么完整的一层
月亮的引力拉它们上岸
太阳还它们宋朝的火

捞起来。有个声音在说，快捞起来……
可是，那一道道完美的弧线令我不敢伸手
就如同少女微微翘起的上唇
让我不敢思量一切与亲吻有关的事

火膛

火膛是一处神奇的地方
经过一段比较短的时间
土在这里变成瓷

经过一段更长的时间
瓷又在这里变回了土

今天，就在这土的遗迹里面
端坐着一颗青色的柿子

在它的体内，生命与时间
都是柔软的
都还暂时没有抵达

需要相互搏杀的阶段
而藤蔓像静脉沿地面疯长
我感受到一阵来自手背的躁动

那是一种同类之间的呼唤

我只能迅速将手插回裤兜

假装我很潇洒，就好像从来不曾

为一膛火的溃败而暗自惊心

又好像早已习惯看到柿子

平静地坐在火的巢里

如此天经地义，仿佛这恬然的姿态

真的比火和膛都更加永久

排坡

云在山坡上排队

等着变成雨

雨在云层里排队

等着落下来

日光炫目

用意旨建造起寺院的人

在那里排队

用双手建造起寺院的人

在那里排队

寺院在那里排队

经筒如常在转：白色的

和红色的墙，等着被粉刷

等着被砌起来

青藏高原巨大的坡度上

造山运动在排队

很久以前的海在排队

一尾鱼跃出渊面

等着潮汐永退，一块大陆

撞上另一块。等着闪电分叉的触角

劈开自己的起源，等液体汇聚而来

尘埃凝固成星球

等一阵风因坡度掉头

去往相反的方向

牛的结余

一

在江孜，我看到满墙浮雕般的纹理
我看到粪土之墙亦可圬

牛的结余被收集、风干、按压塑形
贴在墙上
白天，它们的空隙里
注满阳光的暖意
在夜晚，用以点燃

软与硬的结合
土和火的合一
牛粪游荡在物理定律
和五行哲学的边界上
它们包裹着砖
也包裹着藏人的生活

二

与其他墙上的一样
老墙背后的干牛粪
凹陷也是三道
只不过，几十年过去
它们还都留在原处

留在原处，或许为等待这样一天：
白发苍苍的屋主人
终于把脸凑上去
辨认阿妈的轮廓

——这是食指、这是中指
还有这无名指
或者另一些
是拇指一寸寸分别下压的形状

仿佛阿妈还在门槛上坐着

仿佛凑得更近一些

就可以再次握住那只手

白发苍苍的屋主人

把自己的手掌贴上去

形状如此吻合

三

一叶青草

从牛粪的崖壁上抽身起来

绿油油地

闪着亮

一只甲虫

在指痕的河谷里寄存下来

躲过了雨

也躲着风

愿从远方飘来的
和体内自存的草籽们
在这里都绿得长久

愿如指印般深刻的
除了皱纹
还有笑容的褶痕

放生羊

羊毛茂密垂地，羊角因成熟而后卷
还有丝带在两角间飘动……
这是一只放生羊

从人群中，放生羊选中了我
在我的大腿上亲昵地蹭着
——从脸颊，到额头，再到光滑的羊角

仿佛在表达惬意
它的小尾巴急促地甩动
以这种方式，它承认我是一个好人
而我承认它是一只好羊

我猜，它一定发现了我俩之间
某些重合的部分
方才在村落里喝甜茶时
藏地的气息已浸透了我

装扮又恰好酷似同类

我的米色外衣与褐色长裤

与它完全撞衫

而另外一些重合，或许更加深刻：

它和我都被放生在这世界上

带着未昭示的理由

它和我都被养育在这世界上

带着美好的愿望

十万亩土豆田里的甲虫

它从沙子里钻出来

触角摇晃

行进不稳

地底发生的事情

已经超出了它的理解

那些饱满的块茎

每天都在迅速膨胀

有根的地方，水滴就会抵达

黑暗中

生命的触角越探越长

地面上的变化同样令它困惑：

雅鲁藏布江边的大片荒滩上

十万亩土豆花

撑开了绵延的华盖

它大概会嘀咕起来：上一个春天时

这里还只有沙子……

唯有我们知道

当下一个春天来临

会有更多的根和土被纳入滴灌的疆域

会有更多的花朵绽开

更多的根块饱满

播种机和收割机要犁开波浪

会有更多欢声笑语的人

与甲虫们怀着同样的愿望

往深处打理自己的土

卓玛站在大棚顶上

这是八月里晴朗的下午
卓玛站在大棚顶上

云朵在头顶如冰山浮过
小小的投影像午梦胎记

在如此靠近天空的地方
大棚的反光亮得像太阳的折痕

站在大棚顶上的卓玛
抬眼望着远处群山

大地拱升它的脊背，并在
自身的力中裂开。一只羊站在高原顶上

而卓玛站在大棚顶上
站在大地所隆起的更巨大的折痕之中

从日光中摘出番茄

不可见

　　——记陈子昂读书台外金华观

古人是可见的。他们的一生

分分明明都刻在墙上，来到此处的人

虚虚实实总能念叨几句

陈子昂的名字和诗

来者亦是可见的，此刻他们正

三三两两地走动着，找一处僻静的地方

敬烟换火。至于他们自己

来者就蛰伏在小腹和键盘里

用射线扫描肉体或在网络上贴一首诗

都是让自我溢出时间的有效方式

在这一点上，现代文明的想象力

显得既新奇又老套

在陈子昂读书台对面的金华观

不可见的其实是另一些事物，例如

头顶上的太阳不可见，蜀地的雨

是时空之谜的完美背景音

而手掌下的字迹同样不可见

这一块不知年月的石碑横放在石凳上

青苔蓄满水滴的密林

早已愈合了那些一笔一画的伤口

石头的伤口，人心的伤口

在这里被转化为河床的现象学

逝者如斯夫，只有水爬出来

只有耗儿鱼和玳瑁爬出来

而当乳白色的天空又把水滴甩落

我们这些在行与行的分野中寄命的家伙

亦从破败安详的古道观院门下爬出来

回头再看，拒绝被识读的石碑不可见

守碑老人口中缺损的门牙和川地口音

不可见。被青苔缓慢吮掉的唐朝不可见

当我闭上眼，这些忽然显出了诗的淡漠

及其顺理成章

雾海

十万大山被牛奶淹没了
我应该把自己的骨头抽出来
它们中空，它们天生就是吸管

那些云雾里探出的山头
偶一浮现
柔软得如同奶嘴

此刻，我有叼起它们的冲动
在纯粹的隔绝中
每个人都是婴儿

像在梦里，面对着纯白的背景墙
忽然便记起了前生

竹水车

竹子旋转起来。这比密林
更令人眩晕
水车的循环是一种诱惑
我听到体内的液体躁动起来

一注水，又一注水
另一端，木头石头在磨、在捣
粮食的粉末
与迸散的水滴有相近的结构

不可忽略的，还有页片上的苔藓……
这些恣肆垂挂着的微观雨林
在水与水的间隙里生长得如此茂盛
我举起放大镜
大象和鳄鱼依次爬了出来

而河水永远流着。在多依河
流逝比轮回
永远多出一轮

那些黄色的花朵

那些黄色的花朵

那些嫩绿的长脖颈上

一串串复数的额头

它们怀抱着各自的思想

它们怀抱着各自的蜜蜂

——当我被关在门外的时候

哪儿？到哪儿去找

它们在岁月里藏好的油

又到哪儿去找它们

悄悄藏好的早春天气……

那些黄色的花朵在风中向我摇头

它们全然无视我的甜言蜜语

它们一个字都不肯说

北戴河的上午

一方可以抽烟的露台
一个无所事事的上午
这正是我想要的

阳光缓慢移动
塔吊的长臂和云都在休息
朋友们各自返家，从高处我看着他们的
拉杆箱驶出院门
最后的最后，是我陪着我

只有无尽的声音包围着
夏蝉、茂树
蜻蜓翼偏执的花纹正拍打玻璃
屋顶红铁皮的深处
氧化的预感悄悄吐出锈泡

我试图辨别大海，通过嗅黏膜上的盐
或裸臂上微妙的潮湿感

而蓝色天空下闲坐着黝黑的保安

正认真啃食桃子的后半生

我在高原

星群笼罩

谁都不知道它们

将在哪一天落回水里

颈下是光滑的石头

我闭上眼，想象正枕在

神的膝头

中原马蹄

进入夜晚，中原才变回中原

暮色低垂

纯正的黑沿灯火的边缘线

凸显而后消失

在这名为中牟的所在，天空抽象的纵深

低过所有的矿井

又高过一切的山峦

是夜，我踏上河汉边浅浅的路基

白日里垂钓者的竹凳仍在原处

有无形的肃穆端坐其上

在风中立定，我察觉有微妙的震动从土地内部

传递到我的脚底

这或许是一种提醒：几千年来逐鹿的土地

积蓄了太多马蹄的声响

它们被收纳、被遗忘、被压缩成矿石

就像一颗始终跳跃的心脏被珍藏在

祖母的首饰盒里

它们比骨头或铁甲更加坚硬

——我知那马蹄在石头里依旧奔腾
追赶着世间的演义、唱词、诗句和典故
每到夜晚，都卷起风来

绿博园之鹅

傍晚，几千株乔木的强力意志

在天鹅弯曲的颈里

得到舒缓

那些线条原本笔挺而紧张地向上

星光附着在光洁的树干上

（冬季的使者已带走了多数枝叶）

就像随空气推出的药滴

附着在注射针头上

但天鹅的出现

使场景的化学构成发生了变化

这柔软的幽灵

以怪异的平衡折叠自己

以静止不动的方式漂渡水面

广阔的树林随之安宁

我猜想它假寐的双眸深处一定藏有

夏日，以及绿叶和鸟群的全部记忆

正如此刻那双眼已悄然收敛起白昼

当天鹅的身影消失在芦苇丛中

天空才如期收起了自己的最后一抹蓝

潘安故里

瓜果的清甜飘浮在空中

我四下寻找那冠盖

以及车里俊美的男子

不获。转而从路边行人的脸上

揣摩千年前对美的想象

亦不获。古人曲笔侧书的艺术

从不提供过于具体的参考

故而我们对镜子心怀疑虑

却想象不出镜中可能出现的对比

将来自另一张怎样的脸

这或许是一种幸运：对于身处盛行

美颜相机与大数据分享时代的我们

始终无从知晓他真切的形貌

以及每日里的衣着风格、化妆品品牌和减肥食谱

我们知道的仅仅是好一车瓜果

多半会令人惋惜地腐烂掉
但相对于史书所提供的确凿
（"秀遂诬岳及石崇、欧阳建谋奉淮南王允、齐
王冏为乱，诛之，夷三族"）

我承认一种不可捉摸的美的遥想
在时间的淘洗里反而更显清晰

去博鳌

首先是芦苇，高比乔木

簇拥着站在一起，像溢出的梦境

它们巨大的白色头颅和支撑的茎

强韧而野蛮

啊，帕斯卡，你著名的比喻是不恰当的

至少在博鳌

人无法同芦苇相比

随后是树丛，那挺拔缠绕的绿的海洋

沿路基饱含阴谋地退后

太密集了！但密集渐又显为虚空

终至于纯粹的暗：时间之暗

来自记忆里被遗忘的部分

暗里忽探出三角梅……

那红色，是我们最初记得的

祖母端来的午餐

靠近城区，窗外开始出现椰树、水牛

和挂在电线上的长袖衬衣

我意识到已进入一座矮化后的岛

更多的空隙，塞得下更多更具体的日子

看不到人，但有一双黑色的人字拖蹲在路边

等待被路穿走

车前传来喇叭声

与此同时我听到

腕上的机械指针重新走动起来

听海

从很远的所在，海把它的巨大
直扔在我的脸上
——用层层叠叠的浪

而风是海延伸的手臂
在两道门的窄缝里
它攥起拳头嚷着

时近午夜，白天被光明吃下的巨响
在黑暗的抽搐里又被一一吐出
那声音多么坚硬

是伟岸的事物将自身折叠时
发出的怒吼——
有力，并且分明

在昭通

在昭通

我是屋檐下站着的陌生人

有一半雨落在我的脸上

有一半我是存在的

在昭通

云常常在山腰上搁浅

我并非走在雨里

我只是闯进了云中

它吻着我身上正在失去的东西

因此一部分我将被留下

像抛出车窗的果核

水会从我之中提取溶液，汇入

泥沙俱下的大河

也许在长江下游的冲积平原上

我会再次见到它们

谁知道呢，那一定是多年后的事了

在昭通，梨我只吃一半

诗我也只写一半

石板路上蹄窝深陷，那是

千年前茶饼的重量

茶香转换了形态延留至今

还有古人足印，正浅浅积着雨水

我把脚摆放进去

很好。大小刚刚合适

石头记

从晨雾中浮起的黑色

必然是多孔洞的

若岩石脱胎于海水之软

它的坚硬也超乎想象

火山的记忆总这样不可摧折

尽管保留了流淌的形状

在它密布的圆形空虚之间

我们多像迷途的蜜蜂

正徒劳地找寻蜂房

火山石仍在记录手指，别看它

此刻安静无声。这颗星球的骨髓

如同屡遭挑逗的牙神经

裸露在外，却执留着刺痛的本能

现在，请俯下身体

听听那不安，听听石头早搏的心跳

那古老轰响的回声依然惊心

那是无法回到地底的石头哀伤的歌

它注定在流浪人的耳边

长久回响

海门

老虎斑纹在海浪身上轮番生长

它因亲吻海床而蜷曲

在一种罕见的纯洁中破碎

并借诸破碎

得其愈合

这是任何力量都无法分割的完整

尽管海一再分割自我

将自我化身无数

依次拍碎于沙滩

在死前陡生白发

阳光敲打那些起伏的脊背

但海却紧闭大门

它允许进入，却禁止穿行

只有在特定深夜

月光蓄满沙滩的一瞬

海才悄悄打开自己

若你此时正梦见镜子

将能够窥见另一重时空

它倒映在海的反面

所有被岁月收走的爱

正在此相拥安眠

第三辑　格拉纳达的橙子

夔州的橙子

如果把两岸连山豁开
如果从悬崖的腹内剖出鱼子
我抬起头
望见橙子漫山遍野

很难分清，究竟是橙滚落在城中
还是城坐落在橙上
这种水果挂靠着太阳的族谱
四处撒落，明亮，却不刺眼

昨天傍晚，当夜色忽然从三峡之巅压落
结在路基旁的橙子
在车灯下映出暗恋的颜色
那柔软的黄、那安静而执拗的小小
圆形反光

从时间的黑暗深处浮标般升起
隐约使我忆起了一些

灼华诗丛／李壮坐在桥塔上

很久了的、其实也并不重要的事情

而今天

当我再次于大衣口袋的黑暗深处

握住了这只涨满了秋天的果子

我能感应到，一种古老的金色

正像江水在夔门外注满瞿塘峡一样

注满我的掌纹。它让我确信

那些柔软和明亮，那些

悲哀而干净的东西

在我日渐风干的河谷里

依然没有灭绝

在北京过完整个春节

一

其实，在北京过完一个春节
与在青岛没有太多不同
这一次，父母睡下得很早
我们也早，但没有早太多
手机流量早已全国通用，那种振动
变成了当代人的膝跳反射
我敲人膝的和人敲我膝的
大抵和去年是同一批人

礼花也没有太多不同，这烟与火的魔术
依然召唤着欢呼、愿望和消防车
在所有以花为名的事物中，它们选择了
最强硬的一种绽放方式
却还是常常被楼宇遮挡

这种时候我只好竖起耳朵

再闭上眼睛，像在听一个

以"很久很久以前"开头的故事

二

除夕那天夜里，我没有看春晚

而是偕夫人去长安街上堵车

手机、小女孩和泰迪犬

先后从前车的天窗里探出头来

在人民大会堂外，是人民

在检阅春天的夜晚

初一那天早上，我睡到很晚才起床

窗外涌动着浓浓的烟，我伸出左手

等待一只海鸥穿出浓雾

从我掌心衔走饼干

等待一声汽笛，等一片海

淹过我的脚面，把脚掌上的纹路印入贝壳

从初二到初三，我在家用摇柄磨咖啡

豆子碎裂的声音，像一场隐秘的鞭炮庆典

从初四到初五，我一个字也没有写

只像牛一样把汉语在胃里反刍

我让它们打结、歪曲、梗阻肠道

饱嗝里的铁锈味

来自不能说和说不出的话

初六阳光明媚，我在十五楼的窗口

俯瞰旅行箱们被拖回小区

我的额头闪光、笑容安稳

像教堂外墙上的石头圣人

从高处看到

而不被看到

三

这个春节，我找到了那只逮不住的苍蝇

它蹲伏在落地窗底

光明灿烂的直角前，依然保持着

向外遥望的姿势

我把它扫进花盆。我家的花盆带耳

盆里罗汉松的叶片

形似绣春刀。阳光好时

两盆绿海棠的投影被悄悄拉长

每一片新抽出的叶子都令我惊喜

那些整朵落掉了的花蕾也不再悲伤

它们斜倚在根上，干爽、松弛

像靠在床头刷手机

像刚在浴室里结束了的一天的日子

还残留着吹风机的气息

四

公园里草还没绿

但遛狗的孩子，已经开始忘记狗

所有的母亲结伴而行

她们聊天，却从不忘记孩子

我坐在飘窗上看着这些

偶尔手里夹一支烟

有时，我能从一些烟里抽出

芥末的味道。换一支再抽

味道又变得正常

天气正暖和起来，我去踢了一场球

时不时抽风的风

替球给脚找到了理由

但隔天的气温又骤然下降

它让一位朋友感冒了

它让北方的暖气继续烧着

烧暖气的大烟囱冒着白烟。那么白

像在人间吐着云朵

我老家的北窗外也矗立着一座大烟囱

我一直想爬到烟囱的出口去看一看里面

孩子对烟囱里世界的想象

总是先于烟囱外的世界

在我很小的时候

它被截去了一半，而在我更小的时候

它就已经不再冒烟